MICHAEL MEIER

Das Inferno

FREI NACH
DANTE ALIGHIERI

REPRODUKT

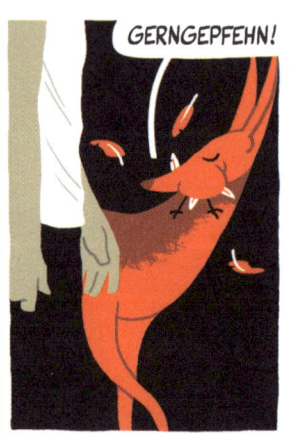

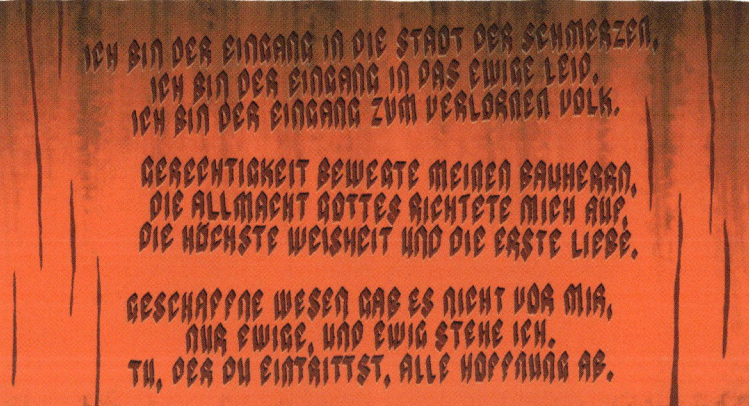

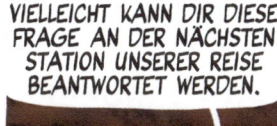

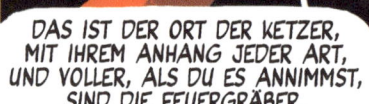

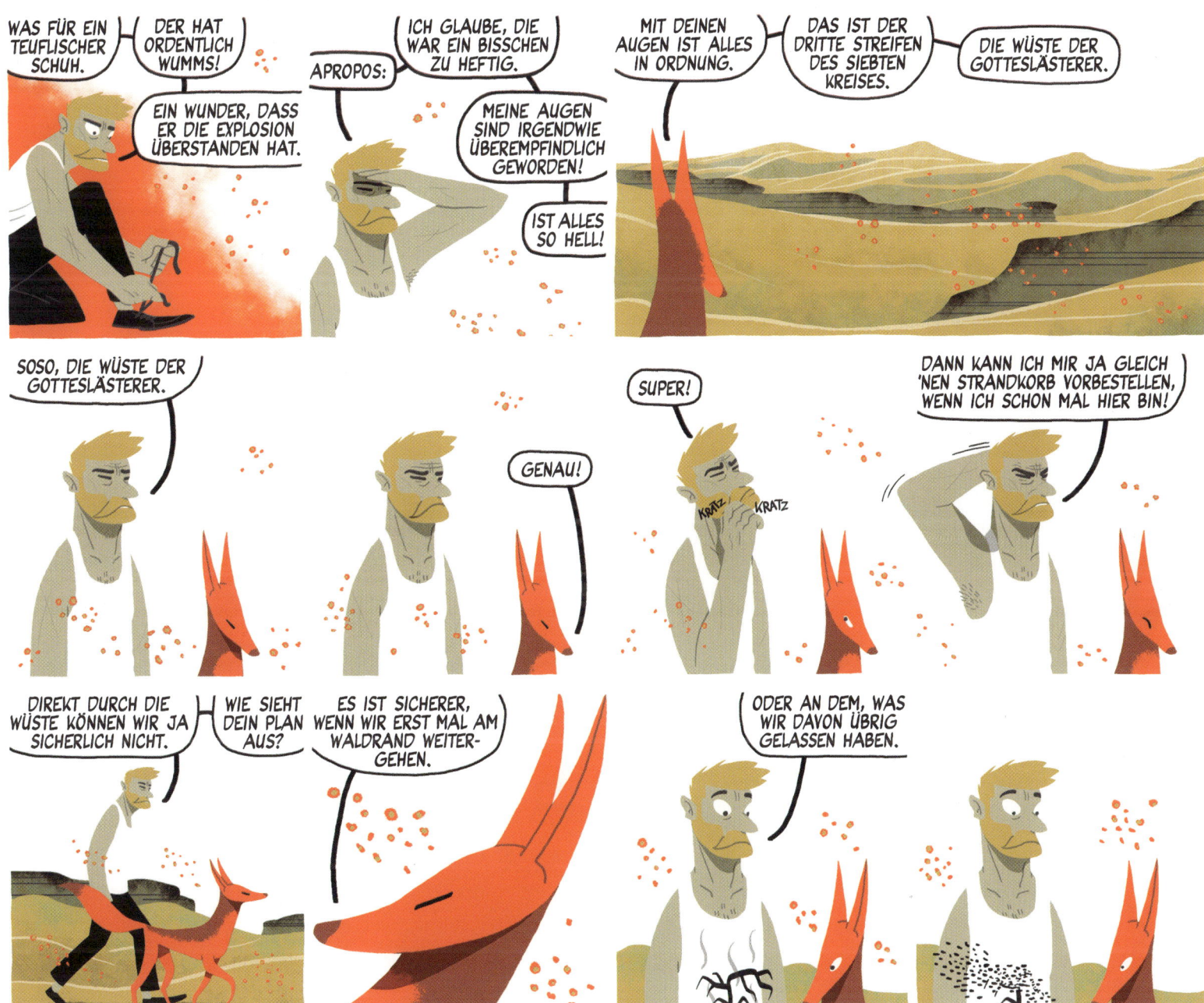

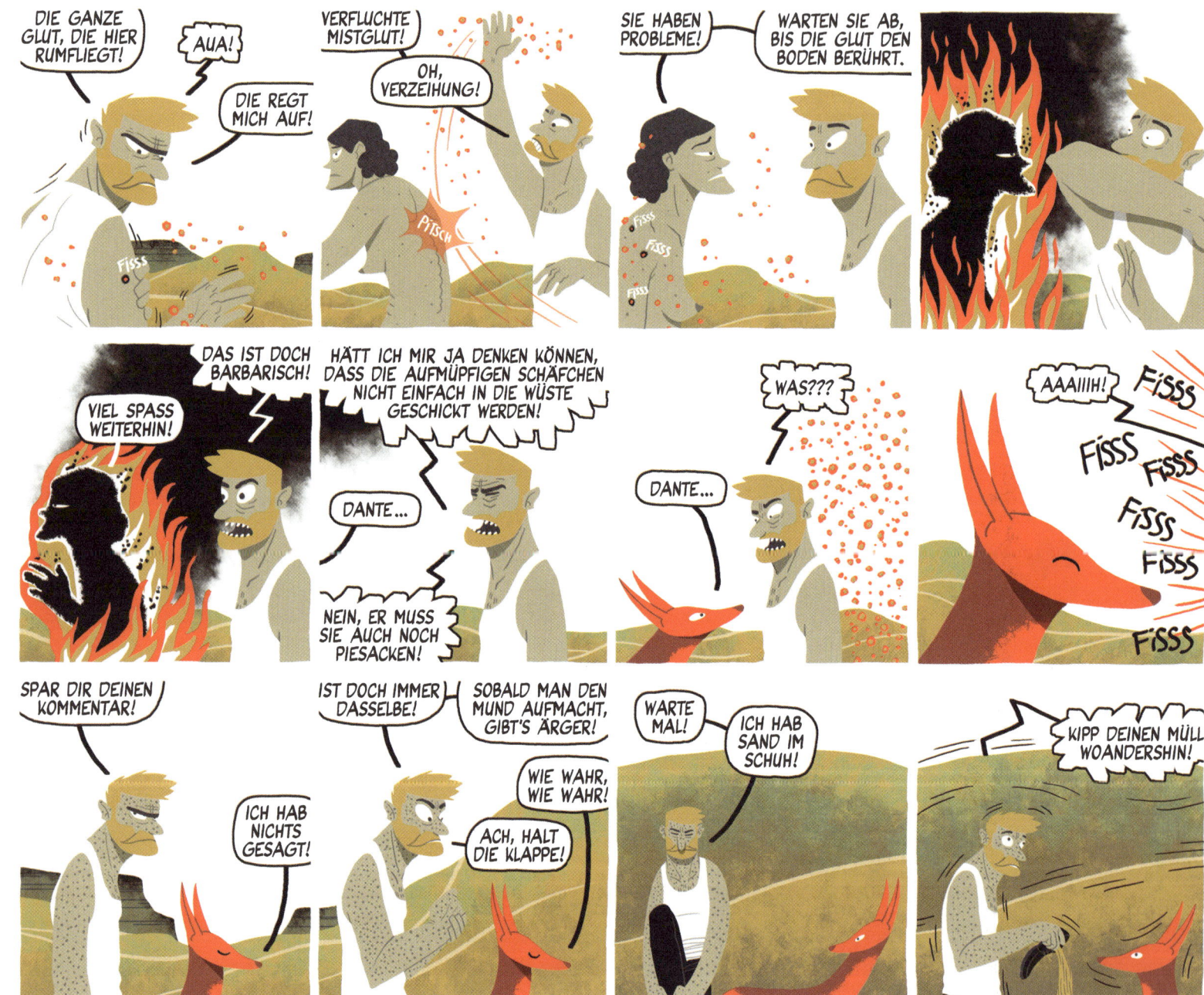

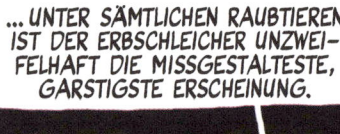

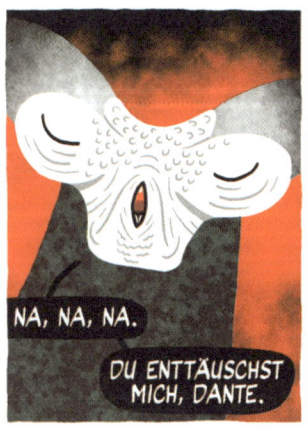

Nachwort

DANTE SCHILDERT IN SEINER „DIVINA COMMEDIA" EINE GRANDIOSE JENSEITSREISE. LIESSE AUCH DER TITEL ANDERES VERMUTEN – DIE „GÖTTLICHE KOMÖDIE" HAT NICHTS IM MODERNEN SINNE KOMISCHES, SIE IST EHER EIN MENSCHHEITSDRAMA IM SPIEGEL DER CHRISTLICH-GÖTTLICHEN WELTORDNUNG. IN SEINEM COMIC NIMMT UNS NUN AUCH MICHAEL MEIER, WIE VERGIL SEINEN DANTE UND DANTE SEINE LESER:INNEN, AN DIE HAND AUF EINE DUNKLE ABENTEUERREISE UND UNTERWELTSFAHRT – UND HIER GIBT ES, IM GEGENSATZ ZUR LITERARISCHEN VORLAGE, SO EINIGES ZU LACHEN...

DIE „DIVINA COMMEDIA" MACHTE BEREITS KURZ NACH IHREM ERSCHEINEN IN DEN GELEHRTEN KREISEN GANZ ITALIENS FURORE UND WAR IM 14. JAHRHUNDERT NACH DER BIBEL DAS MEISTGELESENE BUCH – EIN WAHRER BESTSELLER. IHRE POPULARITÄT, DIE GLEICHSAM DIE MEDIALEN GRENZEN DER VERBREITUNG SPRENGTE, VERDANKTE SICH VOR ALLEM AUCH MÜNDLICHEN ÜBERLIEFERUNGEN IN EINER ZEIT, IN DER DAS PUBLIZIEREN NOCH MÜHSAME UND ZEITAUFWENDIGE SCHREIBARBEIT FÜR EXKLUSIVE CODICES BEDEUTETE. ES IST NICHT VERWUNDERLICH, DASS DER TEXT AUCH DIE BILDENDEN KÜNSTLER ALLER ZEITEN ZU EINER MANNIGFALTIGEN KREATIVEN AUSEINANDERSETZUNG INSPIRIERT HAT. FRÜH TAUCHTEN ERSTE ILLUMINIERTE HANDSCHRIFTEN AUF, UND IM WEITEREN VERLAUF DER KUNSTGESCHICHTE ENTSTANDEN DANN SOWOHL AUS DEM GESAMTKONTEXT DER DICHTUNG HERAUSGELÖSTE EINZELKUNSTWERKE ALS AUCH GANZE ZYKLEN. VON SANDRO BOTTICELLI ÜBER GUSTAVE DORÉ BIS HIN ZU SALVADOR DALÌ, ROBERT RAUSCHENBERG UND ANDEREN ZEITGENÖSSISCHEN KÜNSTLERN REICHT DIE PALETTE DER ILLUSTREN PERSÖNLICHKEITEN, UND DIE FASZINATION DANTE SCHEINT BIS HEUTE UNGEBROCHEN.

DIE BILDSPRACHE UND BILDHAFTIGKEIT DER „COMMEDIA" IST GERADEZU PRÄDESTINIERT, SIE IN DEN BEREICH SICHTBARER VORSTELLUNG ZU RÜCKEN. SCHON BEI DEN BUCHMALERN LIEGT DER SCHWERPUNKT DABEI KLAR AUF DARSTELLUNGEN DER HÖLLE. KEIN WUNDER – SIND DOCH DANTES BILDGEWALTIGE BESCHREIBUNGEN DES INFERNOS DER MENSCHLICHEN VORSTELLUNGSKRAFT VIEL NÄHER ALS DIE TRANSZENDENTEN LICHTWELTEN DES PARADISO. ES SOLL AUCH NICHT UNERWÄHNT BLEIBEN, DASS DANTE SEINEN LESER:INNEN DIE LEKTÜRE DER HÖLLEN-CANTICA DAHINGEHEND BESONDERS SCHMACKHAFT GEMACHT HAT, DASS ER SIE IN EINER LEICHTER VERSTÄNDLICHEN SPRACHE VERFASST HAT ALS DIE BEIDEN ANDEREN CANTICHE. SO SIND DIE GESCHEHNISSE AUS PURGATORIUM UND PARADIES OB IHRER SCHWIERIGEN VISUALISIERUNG OFT GAR NICHT ILLUSTRIERT UND DIE „GÖTTLICHE KOMÖDIE" IM VERLAUF DER DANTE-REZEPTION HÄUFIG AUF DIE HÖLLE REDUZIERT WORDEN.

DAS INTERESSE AUCH UNSERES 21. JAHRHUNDERTS AN DER DOCH SO FERNEN VORSTELLUNGSWELT DER CHRISTLICHEN TRADITION SCHEINT ZUNÄCHST ERSTAUNLICH. DIESE ANHALTENDE AUSEINANDERSETZUNG MIT DANTES „DIVINA COMMEDIA" HAT JEDOCH VIELE GRÜNDE: IHR FUNDUS AN ARCHETYPISCHEN THEMEN UND MOTIVEN SOWIE DIE THEMATISIERUNG EMOTIONALER KONFLIKTE UND DRAMEN, SEIEN SIE POLITISCH ODER PERSÖNLICH RELEVANT, TRIFFT OFFENBAR NOCH IMMER EINEN NERV DER MENSCHLICHEN VERFASSUNG. VOR ALLEM DIE JENSEITSWELT DES „INFERNO" LIEFERT HEUTE DIE IDEALE PROJEKTIONSFLÄCHE FÜR KRIEG, AUSBEUTUNG, KRISE UND ENDZEITSTIMMUNG. ES SEI AN DIESER STELLE NOCH AN EINE BERÜHMTE REFERENZ AUS DEM 19. JAHRHUNDERT ERINNERT:

> „PER ME SI VA NE LA CITTÀ DOLENTE [...]
> LASCIATE OGNE SPERANZA, VOI CH'INTRATE"
> (INF. III, 1-9)

– DIE ZEILEN, DIE AM TOR ZUR HÖLLE PRANGEN – HAT KARL MARX DEM ACHTEN KAPITEL SEINES „KAPITALS" VORANGESTELLT UND DAMIT DIE ARBEIT IN DEN FABRIKEN DES HOCHKAPITALISMUS ALS MODERNE HÖLLE IDENTIFIZIERT. DIESE HÖLLE, DAS SIND WIE BEI SARTRE HÄUFIG DIE ANDEREN UND UMSO HÄUFIGER WIR SELBST.

AUCH MICHAEL MEIER BESCHRÄNKT SICH IN SEINEM COMIC AUF DAS „INFERNO" UND NUTZT ES ZUR AKTUALISIERENDEN ANEIGNUNG. AUCH ER WIRD WIE DANTE, WENN AUCH NICHT DEZIDIERT POLITISCH, SO DOCH ZUM ZEITKRITIKER – MIT EINEM AUGENZWINKERN UND OHNE DEN ERHOBENEN ZEIGEFINGER. DANTE STECKT IN EINER MIDLIFE-CRISIS, ER HAT SICH IM DUNKLEN WALD VERIRRT – SINNBILD FÜR DIE SÜNDENVERSTRICKUNG, FÜR DIE VERIRRUNGEN DES LEBENS IM ALLGEMEINEN UND FÜR DIE DES EIGENEN IM BESONDEREN. IM COMIC-„INFERNO" BEGEGNEN IHM NUN DIE UNTERSCHIEDLICHSTEN PERSÖNLICHKEITEN. SILVIO BERLUSCONI BEISPIELSWEISE, DER SICH OFFENBAR IM DUNKLEN WALD WIE ZU HAUSE FÜHLT, BLEIBT DORT WIE HIER EINE WITZFIGUR; WALTER ULBRICHT HAT NUN DOCH VOR, EINE MAUER ZU BAUEN, UND IM BLUTSTROM KOCHEN DIE ERZVERBRECHER HITLER UND PINOCHET. WÄHREND EIN PAAR TEUFELCHEN ERFOLGREICH DEN ATOMAUSSTIEG GEKIPPT HABEN, STOLPERN DANTE UND VERGIL IN DEN TIEFEN DER HÖLLE ÜBER EIN BIS DORTHIN REICHENDES ATOMMÜLLLAGER. UNSERE VON KONSUM UND MEDIEN GEPRÄGTE WELT FINDET BEISPIELSWEISE IN FORM VON „LANGNASE" EINGANG IN DIE HÖLLE, LIEFERT ABER IMMERHIN DEN PASSENDEN SCHIRM ZUM EISREGEN.

AUCH DIE HÖLLENSTRAFEN HABEN NICHTS VON IHRER GRAUSAMKEIT EINGEBÜSST: DIE SCHLEMMER STECKEN IN EINER EWIGEN KOCH-SHOW FEST – SCHLIMMER NOCH: IN EINER KOCH-SHOW ÜBER KOCH-SHOWS! CHRIS DE BURGH QUÄLT SELBST DIE BEWOHNER:INNEN DES INFERNOS NOCH MIT SEINEM „DON'T PAY THE FERRYMAN..." UND WO MAN ZWAR VON INSTAGRAM UND TWITTER ABGESCHNITTEN IST, ABER MIT FOLTERINSTRUMENTEN KONFRONTIERT, DIE UNS ALLE SCHON AUF UNSEREN BILDSCHIRMEN ZUR VERZWEIFLUNG GETRIEBEN HABEN, WIRD KLAR: ALS ILLEGALER EINWANDERER HAT MAN AUCH IN DER HÖLLE KEINE FREUDE!

NUN SOLL NICHT UNERWÄHNT BLEIBEN, DASS MICHAEL MEIER, BEI ALLER ZEITGENÖSSISCHEN ANEIGNUNG, DIE BEKANNTEN FIGUREN DES DANTE-TEXTES UND DIE ENTSCHEIDENDEN SCHLÜSSELSZENEN DER JEWEILIGEN GESÄNGE NICHT AUSSEN VOR LÄSST. UNS BEGEGNEN DIE MYTHOLOGISCHEN ALLSTARS WIE CHARON, DER FÄHRMANN, DER DIE SEELEN ÜBER DEN ACHERON GELEITET, KÖNIG MINOS, RICHTER UND KENNER ALLER SÜNDEN, ZERBERUS, DER DREIKÖPFIGE HÖLLENHUND, UND NICHT ZU VERGESSEN GERYON, DER IM COMIC EINEN WUNDERBAREN, MARSHMALLOWS PRODUZIERENDEN REGENBOGENSCHWEIF HINTER SICH HERZIEHT. HOMER, HORAZ, OVID UND LUCAN, DIE GROSSEN ANTIKEN AUTOREN, HÄNGEN IM LIMBUS AB UND DEBATTIEREN ÜBER ETWAS ANDERE THEMEN, ALS DER GEMEINE BILDUNGSBÜRGER ERWARTEN WÜRDE. DIES SIND NUR EINIGE BEISPIELE, DIE DIE GENEIGTEN DANTE-LESER:INNEN ERFREUEN WERDEN. KUNSTLIEBHABER:INNEN KOMMEN EBENFALLS AUF IHRE KOSTEN: SO FINDET BEISPIELSWEISE DAS VORBILD ARY SCHEFFERS NIEDERSCHLAG IN DEN FIGUREN VON PAOLO UND FRANCESCA UND IM KREIS DER SCHLEMMER KANN MAN PARALLELEN ZU EINEM BLATT AUS GUSTAVE DORÉS DANTE-ZYKLUS AUSMACHEN UND FESTSTELLEN, DASS SICH MICHAEL MEIER AUCH MIT DER BILDNERISCHEN TRADITION AUSEINANDERGESETZT HAT.

WENDEN WIR UNS SCHLIESSLICH SEINEN BEIDEN HAUPTFIGUREN ZU. DIE HÖLLISCHEN GEFILDE DURCHWANDERT DANTE GEMEINSAM MIT DEM LATEINISCHEN AUTOR VERGIL, SEINEM GROSSEN LITERARISCHEN VORBILD, DER BEREITS IM BERÜHMTEN SECHSTEN BUCH SEINER „AENEIS" EINEN BESUCH IN DER UNTERWELT SCHILDERT. VERGIL ÜBERNIMMT IN DER „GÖTTLICHEN KOMÖDIE" FÜR DANTE DIE ROLLE DES CICERONE – EINES FREMDENFÜHRERS, DER SEINEM SCHÜTZLING DIE FÜR IHN OFT UNVERSTÄNDLICHEN EREIGNISSE UND BEGEBENHEITEN AUF DER GEMEINSAMEN WANDERUNG ERLÄUTERT. IHM HAFTET IM TEXT IMMER AUCH EINE GEWISSE MELANCHOLIE AN, DENN ER WAR AUS DER SICHT DES MITTELALTERS ALS VOR-CHRIST UND UNGETAUFTER EIN HEIDE UND DAHER SELBST EIN BEWOHNER DER DANTESCHEN HÖLLE – WENNGLEICH DES GNÄDIGSTEN, NÄMLICH DES ERSTEN HÖLLENKREISES. BEI MICHAEL MEIER NUN TRITT DANTES WEISER FÜHRER VERGIL IN GESTALT EINES ROTEN SCHAKALS IN ERSCHEINUNG, DER SICH IM VERLAUF DER REISE DES ÖFTEREN DIE VERWECHSLUNG MIT EINEM SCHNÖDEN HUND GEFALLEN LASSEN MUSS. IN DER ALTÄGYPTISCHEN MYTHOLOGIE FUNGIERT DER SCHAKAL ALS SCHUTZGOTT DER TOTEN UND GELEITET DIE SEELEN INS JENSEITS. DANTE HINGEGEN, IN DER „COMMEDIA" DIE EINZIGE FIGUR AUS FLEISCH UND BLUT, IST IM COMIC EIN BÄRTIGER TYP MIT UNTERHEMD, DER SICH ÄUSSERST ZIELSTREBIG IN SCHWIERIGKEITEN BRINGT. DIE BEIDEN SIND KEINE HELDEN IM HERKÖMMLICHEN SINNE, KEINE IDEALEN ZEITGENOSSEN, DIE ÜBER DEN DINGEN STEHEN, SONDERN ALS FIGUREN WIE DU UND ICH IN DIE BESCHREIBUNG DER HEUTIGEN WELT EINGETAUCHT. UND GERADE DESHALB FUNKTIONIEREN SIE SO WUNDERBAR ALS PROTAGONISTEN DES COMIC-„INFERNOS".

MICHAEL MEIER HAT SICH AN DANTE GEHALTEN UND SICH DOCH EIN GANZ EIGENES BILD VOM INFERNO GEMACHT. ER HAT ALLSEITS BEKANNTES BILDINVENTAR IN DEN HÖLLENKONTEXT GESETZT UND HÄLT UNS DAMIT LETZTLICH DEN SPIEGEL VOR. JENE BESTRAFUNGSFANTASIEN, DIE SICH EIN DANTE NUR IM JENSEITS VORSTELLEN KONNTE, SIND IN UNSERE GEGENWÄRTIGE, GANZ IRDISCHE WELT ÜBERSETZT, DIE VON GOTT GESCHAFFENE HÖLLE IST VOR DER MENSCHENGEMACHTEN VERBLASST. DIE GESELLSCHAFTSKRITISCHE DIMENSION LIEGT JEDOCH NICHT IN EINEM RICHTEN ÜBER DIE EIGENE ZEIT, SONDERN IN EINER ÜBERAUS AUFMERKSAMEN UND VOR ALLEM UNTERHALTSAMEN BESCHREIBUNG. ZUGÄNGLICHER IST DIESE HÖLLE GEWORDEN – EIN VIELDEUTIGES, MODERNES INFERNO VOLL VON ÜBERRASCHUNGEN, ANSPIELUNGEN UND WORTWITZ. „EIGENTLICH IST ES GENAU WIE OBEN", SAGT VERGIL IM COMIC. UND SO FÜHRT UNS MICHAEL MEIERS DANTE, DER SICH IM 21. JAHRHUNDERT VERIRRT HAT, KNAPP SIEBEN JAHRHUNDERTE NACHDEM DIE LITERARISCHE VORLAGE ENTSTANDEN IST, DIE UNGEBROCHENE AKTUALITÄT DER „GÖTTLICHE KOMÖDIE" VOR AUGEN.

FÜR KENNER:INNEN EBENSO WIE FÜR DIEJENIGEN, DIE SICH ZUM ERSTEN MAL MIT DANTE AUF REISEN BEGEBEN, EIN HÖLLENSPASS! UND SEIEN WIR MAL EHRLICH: WER FREUT SICH NICHT, DASS AM ENDE STATT LÄUTERUNGSBERG UND GÖTTLICHEN SPHÄREN EINE GROSSE PORTION SPAGHETTIEIS WARTET?

CORDULA PATZIG
KUNSTWISSENSCHAFTLERIN & ITALIANISTIN M.A.

Michael Meier
Dante Alighieri

MICHAEL MEIER WURDE IM HARZ GEBOREN UND HAT GRAFIKDESIGN, NEUE MEDIEN UND ILLUSTRATION AN DER KUNSTHOCHSCHULE KASSEL STUDIERT. NACH SEINEM DEBÜTCOMIC „DIE MENSCHENFABRIK", FÜR DEN ER 2009 AUF DER FRANKFURTER BUCHMESSE MIT DEM SONDERMANN-PREIS ALS BESTER COMIC-NEWCOMER AUSGEZEICHNET WURDE, WAR „DAS INFERNO" 2012 SEINE ZWEITE GROSSE COMICVERÖFFENTLICHUNG. MICHAEL MEIER LEBT UND ARBEITET ALS FREIER ILLUSTRATOR UND COMICZEICHNER IN KASSEL.

MRMEIER.COM

DER ITALIENISCHE DICHTER DANTE ALIGHIERI ZÄHLT ZU DEN GROSSEN AUTOREN DER WELTLITERATUR. SEINE ANHALTENDE POPULARITÄT HAT ER VOR ALLEM SEINEM HAUPTWERK, DER „GÖTTLICHEN KOMÖDIE", ZU VERDANKEN. DIE IN GEDICHTFORM VERFASSTE „DIVINA COMMEDIA" GILT NOCH HEUTE ALS GIPFELWERK DER ITALIENISCHEN LITERATUR, NICHT ZULETZT DESHALB, WEIL SICH IHR AUTOR STATT DES SONST ÜBLICHEN LATEINS HIER DER VOLKSSPRACHE ITALIENISCH BEDIENTE. „WAS WIR ÜBER DANTE WISSEN, WISSEN WIR VON DANTE", SAGT MAN. UND SO STÜTZT SICH SEINE BIOGRAFIE PRIMÄR AUF SEINE EIGENEN WERKE UND AUF VERMUTUNGEN. ÜBER SEIN GEBURTS- UND TODESJAHR HERRSCHT ALLERDINGS WEITGEHEND ÜBEREINSTIMMUNG. DANTE ALIGHIERI WURDE IM JAHRE 1265 IN FLORENZ GEBOREN UND STARB 1321 IM EXIL IN RAVENNA.

VIELEN DANK AN:
LISA RÖPER, DR. CHRISTIAN SCHLÜTER,
CORDULA PATZIG, ANDREAS SCHUSTER,
THOMAS WELLMANN, SARA FONTANA

„DAS INFERNO" WURDE VON AUGUST 2010 BIS JULI 2011 ALS
TÄGLICHER COMICSTRIP IN DER „FRANKFURTER RUNDSCHAU" VERÖFFENTLICHT.
EINE ERSTE BUCHAUSGABE ERSCHIEN 2012 IM VERLAG ROTOPOL.
FÜR DIESE NEUAUFLAGE WURDE DIE GESCHICHTE GERINGFÜGIG ÜBERARBEITET.

MICHAEL MEIER BEI REPRODUKT
DAS INFERNO (FREI NACH DANTE ALIGHIERI)

MICHAEL MEIER BEI ROTOPOL
DIE MENSCHENFABRIK (NACH OSKAR PANIZZA)

GOTTSCHEDSTR. 4 / AUFGANG 1
D-13357 BERLIN

COPYRIGHT © 2021 MICHAEL MEIER / REPRODUKT
„DAS INFERNO. FREI NACH DANTE ALIGHIERI"
COPYRIGHT © FÜR DAS NACHWORT: CORDULA PATZIG 2011
REDAKTION DIESER BUCHAUSGABE: MICHAEL GROENEWALD
KORREKTUR: GUSTAV MECHLENBURG
HERSTELLUNG: MICHAEL MEIER UND ALEXANDRA RÜGLER
ISBN 978-3-95640-273-9
DRUCK: OZGRAF, OLSZTYN, POLEN
ALLE RECHTE VORBEHALTEN.
ZWEITE AUFLAGE: NOVEMBER 2021

WWW.REPRODUKT.COM